RÉPONSE

A L'AUTEUR

DES BALADINS.

LETTRE
D'UN BALADIN,

EN RÉPONSE
A L'AUTEUR D'UNE BROCHURE
INTITULÉE :
LES BALADINS,

OU
MELPOMENE VENGÉE.

A PARIS.

M. DCC. LXIV.

LETTRE
D'UN BALADIN,
EN RÉPONSE
A L'AUTEUR D'UNE BROCHURE
INTITULÉE:
LES BALADINS,
OU
MELPOMENE VENGÉE.

TRAHIT sua quemque voluptas.
Voilà d'abord, Monſieur, pour votre
Facit indignatio. * Tout Baladin que
je ſuis, je ſçais un peu de Latin auſſi-
bien que vous. Mon François ne ſera

* C'eſt l'Epigraphe de la Brochure.

pas à beaucoup près ſi pétulant que le vôtre, & cela eſt naturel : le *Plaiſir*, la *Folie*, ſi vous voulez, ne parle point comme l'*Indignation*.

Quels reproches ! quel couroux ! quelles injures ! C'eſt un feu d'artillerie continuel. O ſi vous pouviez réduire en cendres l'opulente *Comédie Italienne*, comme le fut ce pauvre *Opéra* que vous défendez avec tant de vigueur, que vous feriez content ! n'eſt-ce pas ? Non, il faudroit, pour mieux faire, brûler encore cette vilaine *Comédie Françoiſe*.

Arrêtez, Monſieur, arrêtez. J'eſtime trop les nobles intentions d'un Etre à part, tel que vous, qui gémit ſur les

erreurs, fur les fotifes de tout un peuple
baladin, qui ne cherche à le terraffer
que pour avoir l'avantage de le redref-
fer, qui veut à quelque prix que ce foit,
ainfi que vous le déclarez modeftement,
devenir fon *Bienfaiteur* : je chéris
trop enfin, dis-je, votre réputation,
pour ne pas vous avertir que le pu-
blic hébêté d'aujourd'hui donne à
votre fageffe qu'il appelle humeur,
une caufe bien étrange. Il ofe avan-
cer que vous ne criez fi-fort contre
les Piéces & les Auteurs entr'autres
du *Maréchal*, du *Sorcier*, d'*Hyperm-
neftre*, de *Zelmire*, &c. que parce
qu'avec tout votre efprit n'ayant pas
fçu parvenir feulement à ce dégré de
médiocrité, vous n'avez pu faire jouer
ces prétendues *Marionnettes*, qu'un

A iv

petit cartouche auffi joli que ma-
lin repréfente à la tête de votre
Brochure. On alléguoit même cette
peinture chagrine de leurs affemblées.
J'ai répliqué que ce n'étoit point une
preuve, & j'ai produit l'Epitre dédi-
catoire de la Tragédie d'*Andrifcus*
aux Comédiens un certain Mémoire
adreffé à Meffieurs les *Quarante*,
& plufieurs autres écrits dont cet en-
droit de votre Satyre n'eft qu'une
répétition. Eft-ce vous venger, vous
qui vous connoiffez en vengeance ?
Oh! je fuis un bon Baladin, je n'ai
point de rancune, moi. J'ai ajoûté
qu'en tout cas vous aviez fûrement
de quoi prendre votre revanche, &
que confiant la gloire de votre Mufe
aux fublimes Acteurs de l'Académie

Royale de Mufique , nous verrions
éclore de vous au premier jour un
grand , mais très-grand Opéra.

Ferme, Monfieur, la réforme gé-
nérale y eft peut-être attachée; c'eft
alors qu'on vous chanteroit ce refrein
de l'Ariette de *Sancho* : QUEL HON-
NEUR ! QUEL HONNEUR ! ....Pardon,
c'eft du *Philidor* : ce que c'eft que
l'habitude ! Allons, allons , main baffe
fur ces infolentes *Ariettes* qui s'ingé-
rent mal-à-propos de caractérifer la
fituation du Baladin chantant. Des
Airs , morbleu ! Des *Airs* en longues
roulades, en ports de voix bien lents !

Qu'eft-ce que c'eft que cette *profe*
du *Jardinier & fon Seigneur* , d'*On
ne s'avife jamais de tout* ? Elle fait

rire : la belle avance ! Rimez-moi en
place des *Récitatifs.* Que chaque
vers, autant qu'il fera possible, soit
de douze syllabes pour être plus ron-
flant, faites-les tous noter & décla-
mer de même ; la foule des Baladins, moi le premier ; nous nous
écrierons en baillant : Ah ! quelle
monotonie ! Et vous, cercle choisi de
Raisonnables : Ah ! que cela est char-
mant ! Mais sur - tout prenez garde
de bailler aussi, la Nature a quelque-
fois tant d'empire ! Ce seroit un dé-
menti à ne pas s'en relever, oui.

J'ai lu hier à *Caillot* l'article qui
le concerne ; (car je retourne tou-
jours aux *Italiens.* C'est plus fort
que moi, on ne sçauroit non plus

se corriger tout de suite.) Je lui ai lu cet Article avec l'envie de le *débaucher*. Vous voyez, lui ai-je remontré, vous voyez l'éloge que ce redoutable Censeur fait de votre voix, cessez d'être *Marionnette*, devenez *Acteur*, courrez changer ces guenilles en habits somptueux, choisissez entre le douceureux *Apollon*, ou le terrible *Jupiter*, une perruque blonde pour l'un, ou une perruque noire pour l'autre fera votre affaire. Sçavez-vous ce qu'il a eu la grossiéreté de me répondre ? » Jouer pour jouer, » j'aime mieux le rôle d'un bon *Fer-* » *mier* qui se fait entendre, que celui » d'un méchant *Dieu* qu'il faut de-» viner. « Oh ! ma foi, le mal est incurable.

Le *Savetier Audinot*, la *Poissarde Deschamps*, sont venus à passer. Par respect pour vous, Monsieur, je suis au comble de la joie qu'ils n'ayent pas vû ces Portraits : ils auroient pu reconnoître le Peintre, & le saluer à la premiére rencontre de quelques semblables *gueulées*. J'ai tort, ils eussent gardé le silence, & opposé les battemens de mains consolans de toute une Salle aux cris impuissans de la Prévention.

Mais, Monsieur, soyons de bonne foi. Pourquoi rappeller le *Poissard* ? Vous ne devez pas ignorer qu'il est proscrit sans retour, qu'il est même mort avant *Vadé*, qui fit en réparation *Nicaise* & les *Troqueurs*. Quant à *Audinot*, il n'est pas plus *Savetier*, que *Jardinier*, que *Maréchal*, &c. C'est un Acteur qui joint à une profonde intelligence une vérité singulíére de Comique. Et pour en revenir aux Piéces, puisque dans le cabinet vous admirez (au moins je l'espere,) ces fortes de Tableaux de la *Fontaine*, d'où vient au Théâtre, sauf l'altération inévitable de leurs traits, êtesvous plus difficile ?

    „ D'un fouper à l'autre on fait un „ Acte d'Opera bouffon. « Si on en a reçu de cette prompte fabrique, ils ont tombé d'une heure à l'autre. „ Le premier Conte fuffit, on dédai„ gne même d'avoir le mérite de „ l'invention. « Prefque toutes nos

plus belles Tragédies en sont rédui-
-tes-là, elles posent sur un point d'his-
toire. Mais sans franchir les limites
étroites de notre sphere, la *Chercheuse
d'esprit* écrite en *Vaudevilles*, qu'il
paroît que vous regrettez, n'est - elle
pas tirée du Conte : *Comment l'esprit
vient aux filles ?* Je vous cite de l'ex-
trêmement agréable, il faut de la
franchise dans le commerce.

J'ai, par exemple, été enchanté
de votre Apostrophe à ce Prince
cher aux François, comme vous le
remarquez avec justice, si ce n'est-que
les traitant tous avant & après de
Baladins, cela ne fait point une louan-
ge bien flateuse. *Prince, gardez vos
tréfors,* est impayable ! » Si la re-

» naiſſance de l'Ôpéra, la remiſe de
» *Caſtor* & de *Pollux*, (à votre façon
de vous exprimer, on penſeroit que
ce ſont deux Ouvrages,) n'ont pu
» ramener le frivole ſpectateur, cette
» ſalle magnifique que vous projettez
» ne pourroit être un monument de
» votre grandeur , ſans en être un
» auſſi de notre ingratitude & de notre
» dépravation. « Cette phraſe figu-
reroit au mieux dans un diſcours Aca-
démique. Avouez qu'en paſſant vous
avez été bien aiſe d'établir votre ſu-
périorité ſur M. *Thomas* , dont les
Médailles vous font mal au cœur.
Moi , qui ne ſuis pas digne , en qua-
lité de Baladin , d'adreſſer auſſi fer-
mement la parole à un Prince , je
rabats ſur les Directeurs de ce Spec-

tacle ; & dès qu'il eſt important de le ſoutenir, préférablement à tout autre, je leur dis : Ne luttez point contre un goût univerſel ; faites attention, que ſi c'étoit une mode, elle ſeroit déja paſſée. Nous ne ſommes point inſenſibles aux charmes des *Elyſées*, à la ſiére Architecture d'un *Temple*, aux paſſions des *Héros*, ou des *Divinités* de la *Fable* ; mais ſi nous conſentons de nous tranſporter au Ciel, nous prétendons conſerver la liberté de revenir ſur la Terre. Faites voltiger des *Nymphes*, faites danſer *Venus* & les *Graces*, nous ſuivrons voluptueuſement tous leurs pas : mais moins de *Furies*, moins de *Diables*, ils n'effrayent point, ils font pitié. Donnez pour les yeux des *Armides*, & pour les cœurs des *Devins de Village*. En effet, Monsieur, *Melpoméne* que vous vengez, a-t-elle arraché nos larmes, *Thalie* vient les essuyer. Enfin permettez, je vous conjure, que le genre de *Pergoléze* s'unisse à celui de *Rameau*.

A propos de *Melpoméne*, il y a un peu de mécompte dans votre fait, j'en suis fâché, je vous excuse au reste, *Facit indignatio*, l'Indignation n'est guère méthodique. C'est *Melpoméne* que vous avez dessein de venger, & vous prenez pour champ de bataille l'Opéra! Depuis quand *Euterpe* lui a-t-elle cédé son domaine? En outre, vous amenez sur la Scène *Alexandre*, les *Macédoniens*, nos *Officiers*, *Polibe*, *Follard*, la *Tactique*, la *Topographie*, *Cujas*, *Bourdaloue*, *Sénéque*, *Ciceron*, *Mars*, *Turenne*, un *Preſtolet*, les petites *Affiches*, une *Jument* à vendre, & une *Dame* à marier.... Que vous êtes inſtruit ! Mais quelle contenance, s'il vous plaît, la grave *Melpoméne* tient-elle au milieu de cette Troupe étrangére & bigarrée ? D'ailleurs, comment ne vous êtes vous pas apperçu qu'en vous déchaînant contre nos travers, vous ne faiſiez, mon cher Monſieur, que paraphraſer M. l'Abbé *Coyer* dans ſes *Bagatelles morales*, que retourner une *Inoculation du bon ſens*, réfutée ſous ce titre : *Le Contrepoiſon, ou la Nation vengée*, (car ſi vous vengez, il y en

a d'autres qui vengent,) une *nou-*
velle Babylone : que sçais-je encore ?
Si j'entreprenois de relever chacune
de ces imitations, je risquerois à mon
tour de n'être que l'écho d'autrui.

Hélas ! quand à votre exemple,
Monsieur, j'aurois la foiblesse de me
désoler, ou la force de combattre
des Citoyens extravaguans, qu'en ar-
riveroit-il ? Les corrigerois-je ? Que
la Fontaine a dit vrai !

> Les délicats font malheureux,
> Rien ne sçauroit les satisfaire.

Contentons - nous de nos possessions,
nous pouvions être moins riches. Le
Vaudeville me plaît autant qu'à vous,
eh bien, j'ai *Pannard* qui m'en offre
d'excellens. Vous aimez la bonne *Co-*

médie, je l'aime pareillement ; &
vous affirmez qu'en détruisant les Baladins on auroit des *Moliéres*, des
Moliéres ! La Nature a beaucoup fait
de nous en donner un, j'en dis de
même de *Corneille* que votre ima-
gination féconde multiplie en per-
spective.

Loin de ces deux Génies, il est au
Parnasse des rangs honorables qui
sont occupés. *Rhadamiste*, *Atrée*,
Mérope, *Mahomet*, le *Philosophe
marié*, le *Glorieux* & la *Métroma-
nie* donc ? Ces Drames, je pense,
sont de ce siécle. D'autres Ecrivains,
moins fortunés échouent, ou n'ont que
des succès éphémeres, leurs tentatives
ne laissent pas que d'être louables,

tous les fruits d'un Arbre sont-ils également savoureux ?

Mais quel homme êtes-vous, Monsieur ! je brule de vous connoître. L'Auteur de la *Henriade*, suivant votre décision suprême, n'est qu'un *Bel-Esprit* : le premier, il est vrai ; vous le second sans doute. Ce n'est pas assez, du courage ! Vous avez du talent de reste : après votre *Opéra* que nous attendons, faites-nous de grace une *Tragédie* sans ces *Reconnoissances* & ces *Qui pro quo*, lieux communs du Baladin *Voltaire* : couronnez l'œuvre par un *Poëme* qui balance au moins la *Jérusalem délivrée*, cette *Henriade* ne méritant pas que vous joûtiez contre elle ; &

-le front ceint de *lauriers*, foulant nos *myrthes*, votre *Diſſertation* à la main, vous pourrez dire : N'avois-je pas raiſon ? Juſques-là je doute que nous ayons tort, nous. Je finis, c'en eſt trop même pour un Baladin de ma trempe, qui tel que *Démocrite* s'amuſe de tout ; vous m'avez fait perdre quelques momens de plaiſir que je ne retrouverai pas. Maudits ſoient les *Héraclites !*

De Paris, le Mardi 13 Mars 176.

www.ingramcontent.com/pod-product-compliance
Lightning Source LLC
LaVergne TN
LVHW020106070726
842525LV00018B/2016